五行歌集

詩的空間

—果てなき思いの源泉

中澤　京華
Nakazawa Kyoka

そらまめ文庫

目次

一　星明かり

山奥に
ほのかに見える
あの橋を
渡ろうと
君の声

呼ぶ声のする
坂道の
険しさよ
色とりどりの
木々に映えて

波立つ
心
きらめく
梢
消せない残像

夢の中
谷底へとおちていく
我が身
誰が
諭す

錦絵のごとく
舞う
木々のざわめき
瞼の
奥深くに

時を超え
なお
消せない想い
宇宙のしじまに
浮かぶ

日常に
溢れている
未知の世界
夜空に瞬く
星のように

邂逅の淵に
佇んでいる
夢の欠片
いつまでも
捨てきれない

朝の目覚めと
ともに
抱き締める
温もりと
心臓の音

虹が消え
夕闇に
包まれた海辺
天空に広がる
星明かり

二　緑の万華鏡

歌が
伝えた
心音
透明な
風に浮かべる

チューリップの
花弁に
触れたがる
無垢な瞳
優しい雨の中

穏やかな
日常の狭間に
記憶を
擽る
風の薫り

白鳥の姿に
思い起こされる
至福の時
きらきらと
輝く水辺

青葉茂り
どこからか舞い降りた
尾長
枝葉飛び渡り
かくれんぼ

翠雨が滲み
光と陰が
織りなす
緑の万華鏡に
包まれた朝

花梨の木が
小さな
実をつけて
思い出
巡る

旋律が
慈しみ深く響く
ピアノの連弾
ゆっくりと
胸が熱くなった

静々と
零れた
金木犀
前世と
来世に

研究しつくして
生み出された
一冊の本の
ここちよい余韻に
打ちのめされる

三　道しるべ

見上げた先に
花水木の赤い実
揺れて
待ち焦がれた日々を
巡らせる

心の迷い
衝動と向き合い
果てしない
時間の狭間を
縫っていく

杞憂に囚われて
いるときこそ
未来へ向かう
心の壁を
乗り越えようとしている時

しゃぼん玉
追いかけていった
子どもたち
大きなユリノキ目指して
駈け戻ってきた

忘れることなど
できるはずもない
思い抱き締め
未来への一歩
模索し続ける

大事なこと
見失わないよう
正直な気持ちと
しっかり
向き合う

地図を広げて
心の中で
あれこれと想像する
はじめて行く
場所

ここに至るまでに
紆余曲折あったこと
忘れていた痛み
思い出し
巡る春

思考を
重ね
導き出す
自らの道
自らの歩み

心の感動
大切に
突き進んでいく意志が
進む道を決める
道しるべ

四　心の洞窟

心の洞窟に
押し寄せてくる
波音
目を閉じれば
瞼に広がる大海原

目を閉じた闇に
浮かぶ夢
忘れ得ぬ人は
心の奥底で
時を紡いでいる

冷たいてのひら
春の陽射しに温もり
咲きはじめの紅椿
無垢な笑顔に
馴染んでいく

ほの淡く
咲いている
海棠から
微かにふれた
風の音

旅の途中の雪景色
枯野にて蒸気機関車
黒々とした威風を放つ
原風景に
心温まる

水上温泉郷を
滔々と流れる
利根川の源流
海へと続く
長い川筋

涙が溢れてくる
根源的な理由を
突き詰めていくと
自分の真意に
ぶちあたる

南天の花に
光
射し
ゆるやかな刻に
佇む

紫陽花の小道
駈け抜けていく
君を追いかけ
睡蓮の花咲く
池に辿り着く

この広い世界で
出会えたことが
うれしくて
現世の柵
打ち直す

五　ラビリンス

埋もれたくなかった
意識の中に
ぽつんと
あった
扉の鍵を開く

努力して
見えてくる答えと
真摯に向き合い
気づく
時のラビリンス

断たれた
時間の重さに
見せられた夢
慟哭の中でも
私は生きていた

心が壊れそうな
悲しみや苦しみ
記憶から
消えない限り
抱えていく忍耐

壁に守られて
狭くなった
世間への視野は
迷路を抜けると
一気に広がる

迷った時ほど
突き詰めて思った方が
どうすべきか
覚悟のような思いが
湧き上がる

どんなに
時間がかかっても
迷いが解けると
新たな道が開ける
信念を貫こう

出口が
見えなかった頃
悲しみのどん底で
差し伸べてくれた
友のてのひら

疑問が解けて
納得できた時の
胸の痞えが下りる感覚
迷路から抜け出した時の
解放感に包まれる

蓮の葉広がる不忍池
葉陰から顔出す
薄紅色の蓮の花
散策する
長年の友と一緒に

六　桜並木

人生の分岐点で
決意した時から
閉ざした
扉の奥に潜む
自我のかおり

五センチ以上の
顔の傷
気にならなくなるまで
二十年
心の傷は今でも想起する

風が冷たく頬撫でる
冬晴れの日
学校の屋上から
はるか遠く
荘厳に浮かぶ富士山

歴史を語る
いくつもの立て札
ゆっくりと探索した
冬日があたる
文学の道

心の灯火のように
咲く
梅の花
明るい陽射しに包まれた
澄んだ空気の中

ほんのり
淡く
透き通る
白梅の
花明かり

大切な人と
一緒に歩いた桜並木
日々の狭間に
深まっていった
心の絆

風の勢い
映す
鯉のぼり
静かに佇む
寒緋桜

月光に照らされた
桜並木道
雪の結晶のように
満開の夜桜
きらめいている

透き通るように白い
八重桜
春風が運んできた
懐かしい記憶と
微かにゆれる

七　記憶の空

ひなげしの葉が茂る
緑の大地
一羽の雉が
凛々と
降り立つ

物陰に隠れた
雉が
さっと飛び立ち
斜め上へと
広がる空

馬車の上で
心地よい
風が吹いた瞬間
伸びやかに羽根広げ
孔雀は現れた

子どもたちと
孔雀を追いかけ
走りまわった海辺
シンガポールの
セントーサ島

孔雀の
比翼
色鮮やかな
青が
捩れる

デイゴの
赤い穂の周りで
小鳥たちと一緒に
賑やかな声が
交差する

雲間から
差し込む
天使の梯子
いつか見た夢に
光灯す

親友との約束の地
イギリス
手を繋いで走った
シェークスピアの出生地
Stratford-upon-Avon

雲の上を飛んで
広がった世界
友とふたり
世界史の教科書に
潜り込んだようだった

記憶の空に浮かぶ
初めて見た雲海
思い起こされる
友との旅の思い出を
静かに包み込んでいる

八　ゆりかご

家の中に
舞い込んだ蜉蝣
君と過ごした日々を
思い起こさせる
柔らかな羽音

ぽっかりと
穴が空いていると
思っていた場所で
静かにゆれる
ゆりかご

宝鐸草《ホウチャクソウ》
甘野老《アマドコロ》
鳴子百合《ナルコユリ》
瞼の奥で目覚める
花の影

境界線を越えて
渡る風
時の風車が
音を立て
動き出す

夕日射し
真っ白な夾竹桃に
映る影
響く
鐘の音

コスモスの花の海
吹く風の香りに
包まれ
君たちと一緒に歩いた
さわやかな時間

待ち時間が
呼び起こす
遠い記憶
手を繋いで歩いた
日向の散歩道

かわいらしい
一羽の目白
目の前で
羽ばたき
緑を突き抜ける

蒼穹に映える蝋梅
冬芽をつつく
目白の鳴き声が
心地よい
日向の眺め

鶺鴒を見て
やんちゃな鳥だねと
君が笑った帰り道
寒空の下そっと握った
てのぬくもり

九　幾重ものスケッチ

激しい水流に
光が入り込み
描かれていく
幾重ものスケッチ
滝の音に共鳴する緑

死んだらお終いだと
心底思った大雪の日
橋の上のスリップ事故で
車が橋の欄干を突き破って
止まった刹那に

二人で歩いた
真夜中の雪道
安心して眠れる場所
探して
吹雪く風突き抜けた夜

夢のようで
夢でない
現実
大切な人が
此処にいる

ネモフィラの丘
天辺へと向かう
長い人の行列は
旅人たちの巡礼のよう
別世界へと続く

しとしと降る
冷たい冬の雨の中
くっきりと白く
輝くような
房咲水仙

淘汰されて
私はこの世に生まれ
社会の
淘汰を
受けてきた

一茎ごとに
上へ上へ
紫蘭の細い花序の連なり
弓なりに撓い
広がる

生まれて初めて見た
琵琶湖
夕暮れ時の
静けさに包まれて
深い感動が走る

広重の名所江戸百景
百二十図絵の一枚に
紅葉の名所から望んだ
真間の継橋
ちょこんと描かれている

十　果てなき思いの源泉

見えない心
伝える
見える文字だから
丁寧に
綴ろう

綴ることが
生きる
原動力となるのは
そこに自分の意志が
働くからだ

ページ捲るごと
ドキドキした
『南総里見八犬伝』
樹齢四百年伏姫桜は
この物語を由来する

風の強い一日
大震災の報道に
怯えながら
ヘルマン・ヘッセの
『春の嵐』を思い出す

核兵器禁止条約採択
核なき世界への第一歩
交渉会議会場に響き渡る
サーロー節子さんの
故郷広島での被曝証言

地上では
多くの人々の思想や意識が
海底では
数百種類の珊瑚礁が
形づくる歴史

太平洋プレート沈み込み
隆起する日本列島
有為転変の世の中で
伝説や神話で語られてきた
八百万《やおよろず》の神々

人類の長い歴史の中で
紡がれた名作は
時代の荒波生き抜く
脚本《シナリオ》生み出し
時を超える

紀元前四世紀に
ヒポクラテスが提唱
自然治癒力を助けるために
使用することが
薬物治療の根本的意義

詩的空間を
歩くと
心に戻ってくる
憧れの世界
果てなき思いの源泉

跋

草壁焰太

見えない心
伝える
見える文字だから
丁寧に
綴ろう

中澤さんの歌は、言葉を丁寧に選りすぐって作られており、私は押印するように読むことにしている。この歌は、彼女の詩歌への思いをよく表しているとも思う。

彼女はほかの五行歌人の歌とは、ちょっと違ったところがある。人生の真実をおおかた吐露し、そうしながら歌としていくのが、五行歌ではふつうだが、彼女の場合、そうできないような事情がいくつか重なった。それを中心線にすると、詩的空間が崩れてしまうようなところがあったのだろうか。

顔に傷を負ったとか、複雑な家庭の事情、その他、彼女はそれを隠すつもりはなく、そのために、今回の歌集で何があったかを、歌や文章で書いている。

しかし、それは、彼女が少女の頃から憧れた詩歌の姿とは異なるのである。

山奥に
ほのかに見える
あの橋を
渡ろうと
君の声

白鳥の姿に
思い起こされる
至福の時
きらきらと
輝く水辺

ときめく恋の思い出のように書かれたこれらの歌が、彼女の希望する詩歌を想像させてくれる。彼女が表したかったのは、こういう詩的空間だったのだ。

人生の真実と真正面から取り組むような方向が取れない人もいる。

私は、彼女と歌集の相談をしながら、そう思うようになった。

背景には、いろいろなことがある。しかし、彼女はそういう詩的空間を表した。

それが、自身の詩を大事にすることでもあったのだ。

私は、彼女のお子さんの多くを知っている。子ども五行歌の会にも、みなが来ていたからである。

末っ子の麻祐子さんは、お母さんを継いで、五行歌と取り組んでいる。

歌は清らかで、どこかお母さんとつながっているような気もする。

二歳の麻祐子さんは、私の膝に飛び乗ってくるような活発な子だったのだが…。


詩歌となると、思いがけない世界を開くのが、うたびとである。

長い間の詩歌を求める心の旅は、この歌集で、一つの証となるであろう。

私が好きな歌は、

親友との約束の地
イギリス
手を繋いで走った
シェークスピアの出生地
Stratford-upon-Avon

である。詩歌への長い憧れと、あの村の明るい日差しが重なり、私の心ともつながるからだ。これで彼女もわかり、その親友もわかる。私らは走りつづけるだろう。

あとがき

読書家で教育熱心な父母のもとで生まれ、幼少時から母から読み聞かせをしてもらった後に物語の感想を尋ねられるひとときが日常的にあったため、物心ついた頃には物語について幼いなりに考える習慣がついていたように思います。3歳になった頃からピアノを習い始めた影響で、ピアノで弾くメロディーと一緒に頭の中で物語が展開していくような感覚で音楽や物語の世界に親しむようになりました。そして、小学生になる頃には学校での作文以外にも友人と交換日記を始めたことで、心の中の思いを文章で書き表したり、伝え合ったりすることが身についていったように思います。その一方で転校を何度か繰り返してきたので、交換日記や学校での活動を通してどんなに親しい関係を築けても、離れ離れになってしまうと心の中の交流も続かなくなり、新しい環境のもとで新たな友人関係を築かなければならないことに子ども心に寂しさを覚えましたが、2歳年下の妹とは昔からいつもいろいろなことを話しながら、仲良く過ごしてきたので、お互いを支え合える関係が今でも続いています。そして、転校を繰り返す中で私の創作活動の原点ともいえる親友と出逢い、交換日記を通して日々の考え事を伝え合い、夢や希望や人生について語り合うようになり、転校後や卒業後、離れ離れになっても、手紙や電話で連絡し合うことで、互いの思いを確認し合ったり、辛い時には励まし合ったりして、心の絆を大切にできる友情を知りました。そんな風に互いに友情を築けた人とは、今でも時折連絡を取り合い、互いの思いを共有しています。

学生時代からそういった友情に恵まれ、友情を繋いでいくという意味で言葉を伝え合うことを大切にしてきましたし、文章を書いたり、思いを伝え合うことは自分自身の意思表明でもあり、拙いながらも文章によって考え事を深めていきたい意識が育っていきました。高校時代の文理選択では理系を選択し、大学は薬学部へ進学。薬学生として研究室にも通い詰め卒論も仕上げましたし、薬剤師の資格も得ましたし、どんな分野でも文書を通しての意思疎通や確認が必要であることを自ずと学びました。社会人として働くようになってからも文書で伝えたり、文書として記録し、保管することは仕事の一環として大事なことであることを経験として認識してきました。ですから、文章を書き記すことについてはいつからか心の何処かに信念に通じる思いが育っていったように思います。

インターネットを始めたことをきっかけに、私は家事育児に追われながらも詩作や小説公募など、独自の執筆活動を始め、続けていくようになりましたが、五行歌を知った当初は、その過程にどこか行き詰まりを感じ始めていた頃でした。─結婚後、職場を離れた私は5人の子を授かりましたが、（長女については3歳頃に夫の姉夫婦と養子縁組）持病を抱えながら妊娠出産を繰り返し、当たり前のことながら、いつでも家事育児に追われてましたし、引っ越しなどが重なって持病が重症化した時期もありましたし、過労気味でも頑張らなければならないという強い意識の中で次男が突然死するという悲しい出来事にも遭遇し、悲しみのどん底に突き落とされたような心境になった時期もありました。心身の不調を抱えながらも執筆活動を続けていきたい意識が強かった私は五行で思いを表現する五行歌の形式にふれ、五行なら続くのではないかと新鮮な思いで五行歌を書き始めたことをよく憶えています。そして、五行歌を書き始めた途端、生活にリズムが生じ、ああ、これなら続けられると安堵したこともよく憶えています。それまで長い詩作や小説を書いてきた私にとって、五行歌に出会えたことはある意味、心の救いともなりました。また、月刊『五行歌』ですでに五行歌作品を発表されているうたびとの皆様方の作品の奥深さにもふれ、執筆活動を続けていけるようになっただけでなく、自分自身が心の何処かで真剣に学びたいと思っていた詩歌の世界を深めていけるようになったことで、かねてからの夢が叶ったような気持ちにもなりました。その一方で、「五行歌の会」への入会時には家事育児と両立できるかどうか、不安だったため、勇気や決心が必要でした。そして、「五行歌の会」に入会した途端、そんな私の不安はすぐに解消し、子ども五行歌の仲間を紹介してもらい、子どもたちと一緒に詩歌を学べるようにもなり、歌会にも参加したり、新年歌会や全国大会にも参加できるようになり、五行歌を通して心の世界や視野が広がり、詩歌のことで意見交換できる仲間ができたことは本当に嬉しいことでした。二〇〇三年十二月に入会後、今に至るまでにいろいろな時期がありましたが、五行歌についてては手元で書く以外に、インターネットの投稿作品掲示板等でもたくさん投稿していた時期がありましたので、七千首ぐらいは書いたでしょうか。この間、学校でのＰＴＡ活動も並行できましたし、薬剤師としての社会復帰も果たし、インターネットでのブログ活動や日本国際詩人協会や小説サイトへの参加など執筆活動もマイペースで続けています。

五行歌の歌会活動については初めは「千葉・花笑み五行歌会」に子どもたちと一緒

に参加し、こども五行歌「夢飛行」も設立し、子ども五行歌の活動にも携わりました。その後は「新宿御苑五行歌会」、「AQ五行歌会」、「市川五行歌会」を拠点に活動を続けました。子どもたちの成長とともに受験体制などの影響を受け、活動を自粛した時期もありましたが、「市川五行歌会」で事務局をつとめたり、末娘の麻祐子が会員に入会するなどの経緯を経て、今に至ります。また、第二次世界大戦後の激動の時代を生きる戦後世代の平和への願いを込め、山田武秋氏によって編纂された戦争の五行歌アンソロジー集『人を殺せとをしへしや』（桜出版）に参加したり、英語五行歌についても学びました。そうした過程で、「市川五行歌会」代表の酒井里子さんからのご助言もあり、個人歌集についても少しずつ意識するようになりましたが、時間的余裕との兼ね合いもあり、なかなか具体化には至りませんでした。また、グローバル化した国際社会におけるＩＴ時代の情報過多の荒波の中、二〇一一年三月十一日に発生した東日本大震災の影響を多少なりとも受けながら生きてきて、時代に乗り遅れないよう気をつけるだけで必死だった面も率直なところありました。そういった状況ではありましたが、二〇一七年〜二〇一八年にかけて開かれた「五行歌の会」第二次草壁塾に参加する機会を得たことで、個人歌集への思いをさらに意識していったように思います。その頃、草壁焰太主宰に当時六百首に絞った原稿に目を通していただいたり、三好叙子副主宰からの励ましもあり、その後月刊『五行歌』に投稿した作品を含めて見直し推敲を繰り返した結果、百首にまで厳選し、構成することができ、歌集制作を決意しました。世界は今、新型コロナウイルス（COVID-19）感染症の感染拡大によるパンデミックで閉塞感を抱え、社会全体がその対応に追われる日々ですが、人類がこの難局を乗り越えていくことを心から願い、今後も家族や友人、仲間たちとの今在る日々を大切に詩歌や心の世界を深めていくためにも五行歌を続けていきたい気持ちを込めています。

尚、「五行歌の会」入会当初は筆名として中谷京華を使用していましたが、中谷についいては本名姓の中澤の中と谷川岳の谷、京華については京の華という人形から由来しています。諸事情もあり、京華のみを使用するようになり、その後、中澤京華としました。また、今回、百首に厳選して構成していますが、選外になった五行歌にも日々の思いが詰まっていることは言うまでもありません。

それから、跋文を書いてくださった草壁焰太主宰、歌集制作の相談に乗ってくださった三好叙子副主宰、原稿の編集校正の水源純さん、表紙絵を装丁していただいた井椎しづくさんには大変お世話になっています。表紙絵は国立新美術館にも展示されたことのある100号の油絵で武蔵野美術大学卒の娘が描いています。

最後になりましたが、五行歌集制作に踏み切ることができた喜びを込めて、「五行歌25年~言葉でひらく未来巡回展」で出品した五行歌作品を此処に記します。

文学も芸術も音楽も
人が生きてきた
世界を彩る
心をつなぐ
架け橋だ

此処までの過程を導いてくださった多くの皆さま方に心から感謝の気持ちを申し上げます。ほんとうにありがとうございます。

二〇二一年四月

中澤京華

五行歌五則 ［平成二十年九月改定］

一、五行歌は、和歌と古代歌謡に基いて新たに創られた新形式の短詩である。

一、作品は五行からなる。例外として、四行、六行のものも稀に認める。

一、一行は一句を意味する。改行は言葉の区切り、または息の区切りで行う。

一、字数に制約は設けないが、作品に詩歌らしい感じをもたせること。

一、内容などには制約をもうけない。

五行歌とは

五行歌とは、五行で書く歌のことです。万葉集以前の日本人は、自由に歌を書いていました。その古代歌謡にならって、現代の言葉で同じように自由に書いたのが、五行歌です。五行にする理由は、古代でも約半数が五句構成だったためです。

この新形式は、約六十年前に、五行歌の会の主宰、草壁焰太が発想したもので、一九九四年に約三十人で会はスタートしました。五行歌は現代人の各個人の独立した感性、思いを表すのにぴったりの形式であり、誰にも書け、誰にも独自の表現を完成できるものです。

このため、年々会員数は増え、全国に百数十の支部があり、愛好者は五十万人にのぼります。

五行歌の会 https://5gyohka.com/
〒162-0843 東京都新宿区市谷田町三―一九
川辺ビル一階
電話 〇三（三二六七）七六〇七
ファクス 〇三（三二六七）七六九七

中澤 京華（なかざわ きょうか）

1966年、母方の実家があった新潟県新発田市で生まれる。当時暮らしていた東京都杉並区高円寺から茨城県土浦市、鹿島郡神栖町、三重県四日市市、東京都杉並区高井戸、千葉県我孫子市へと転居を繰り返す。

1985年、千葉県立東葛飾高校卒業。

1989年、明治薬科大学卒業後、薬剤師資格取得。製薬会社に就職。

1992年、結婚退職後、群馬県群馬郡群馬町、千葉県柏市、シンガポール、千葉県我孫子市への転居を経た後、現住所である千葉県柏市へ。（本名；中澤千恵子）

1998年10月、Webサイトで小説や詩作などの執筆を始める。

2003年12月、「五行歌の会」入会、
2005年7月、会員から同人へ。

2014年7月、「市川五行歌会」事務局。

2017年、日本国際詩人協会会員。アゼルバイジャン詩人アファク・シヘリとの共著『Duet of Sakura　桜の二重奏』出版。

2018~2019年、小説『序曲　プレリュード from season to season』；エブリスタ小説大賞2018 TOブックス大賞；優秀作品、エブリスタ小説大賞2019光文社キャラクター文庫大賞；優秀作品。

My Blog（Entrance）

https://kyoka-nakazawa.blogspot.com

そらまめ文庫 な 1-1

五行歌集　詩的空間　―果てなき思いの源泉

2021 年 7 月 1 日　初版第 1 刷発行

著　者　　中澤京華
発行人　　三好清明
発行所　　株式会社 市井社
〒 162-0843
東京都新宿区市谷田町 3-19 川辺ビル 1F
電話　03-3267-7601
https://5gyohka.com/shiseisha/

印刷所　　創栄図書印刷 株式会社
装　丁　　しづく
装　画　　中澤美穂

ISBN978-4-88208-187-6　C0292

そらまめ文庫

い 1-1	白つめ草	石村比抄子五行歌集
い 2-1	風　滴	唯沢遥五行歌集
お 1-1	だいすき	鬼ゆり五行歌集
お 2-1	だらしのないぬくもり	大島健志五行歌集
お 3-1	リプルの歌	太田陽太郎五行歌集
か 1-1	おりおり草	河田日出子五行歌集
く 1-1	恋の五行歌　キュキュン200	草壁焰太　編
こ 1-1	雅　—Miyabi—	高原《こうげん》郁子《かぐわし》五行歌集
こ 1-2	紬　—Tsumugi—	高原《こうげん》郁子《かぐわし》五行歌集
こ 1-3	奏　—Kanade—	高原《こうげん》郁子《かぐわし》五行歌集
こ 2-1	幼き君へ～お母さんより	小原さなえ五行歌集
さ 1-1	五行歌って面白い　五行歌入門書	鮫島龍三郎　著
さ 1-2	五行歌って面白いⅡ　五行歌の歌人たち	鮫島龍三郎　著
さ 1-3	喜劇の誕生	鮫島龍三郎五行歌集
み 1-1	一ヶ月反抗期　14歳の五行歌集	水源《みなもと》カエデ五行歌集
や 1-1	宇宙人観察日記	山崎　光五行歌集
ゆ 1-1	きっと　ここ　—私の置き場—	ゆうゆう五行歌集

※定価はすべて880円（10%税込）です